星野雅良句集

（I）蒼穹渇仰
zum Himmel!

（II）蘖《ひこばえ》
自撰二百十句

東京図書出版

星野雅良句集

(I) 蒼穹渇仰

zum Himmel!

(II) 蘖

ひこばえ

自撰二百十句

家族
並びに
古里　木曽へ

枯枝に
稚《おさな》き芽あり
穹《そら》の蒼《あお》

星野雅良句集（Ⅰ）

蒼穹渇仰

zum Himmel!

応季雑詠

蚕三態

吐糸

春の蚕《こ》の転生の夢紡ぎをり

蛹化

眠る間にいつしか過ぎし春嵐

羽化

春光や転生成りて死の定《さだめ》

痩せ犬

痩犬の凍れる街を彷徨へり

仲春

桃紅復含宿雨
柳緑更帯春煙

三日月や霜しんしんと夜気充てり

仮面

凍てし朝己が瞳の蒼白き

独り住まい

独居やグラス持つ掌の寒々し

焼失
昭和二十五年五月深夜　上松町大火。我が家被災。

焼け落ちし我が家の跡の薄煙

真夏の正午
昭和二十年八月十五日

日盛りの街道燃えて旋風《つむじ》起つ

青い部屋
スーパーで青いランプを買った。その青いランプを点けると……。

孤独とは蒼きものかや天の月

廃港
船のない港は　もう　港ではありません。

廃港のクレーン虚しく宙《そら》を刺す

雪

北国の小さな町の小さな宿で——。窓から漁港の灯火が。

突堤の小さき灯打つ飛雪哉

帰郷

帰郷と言っても通り過ぎるだけ。身内も絶え、実家も廃屋。

故郷を出でて幾歳雲の峰

耳

私の耳は貝の殻
海の響きを懐かしむ
ジャン・コクトー「耳」堀口大学・訳

澗籟に耳欹《そばだ》てゝをり山の百合

蛙

里芋の葉から滑り落ちまいと懸命に。

芋の葉に逆さに構ふ青蛙

蝶

草の芽が土から顔を出したばかりの早春の野原。

枯野原何求めてや蝶の舞ふ

飛行機雲

碧空に撚《よじ》れ縮れし航跡雲

春雨

深夜、心拍急。救急車を呼ぶ。

救急のヘッドライトに春の雨

驟雨

驟雨《しゅうう》来て独り啜れるコロムビア

南米コロンビア産コーヒー。ブラックで。

星月夜

星月夜何処その家の祝ひ唄

安芸行

通天閣
大阪に寄り道。

酔ふて啜る浪花素うどん夏の宵

宮島

朱の鳥居　吹き抜けて冬の通り雨

厳島神社

驟雨来り濡れそぼつ神鹿の脚

原爆ドーム

原爆の日　広島　八月六日　長崎　八月九日

太田川ドーム映して閑かなり

尊敬せし今は亡き児童文学者二人

H・T氏……代表作「風と花びら」

枯野菊花芯に残る薄き紅

T・S氏……代表作「たきび」
～かきねのかきねのまがりかど……～

詩《うた》詠みの面影追ひて落ち葉焚く

早春

春めくと言ひつゝ襟を合わせけり

音楽

バッハ聴きヴィヴァルディ聴き春の夜半

夏の夜

独り居や竈《かまど》馬《うま》寄せ来る夏の夜

欠伸

大欠伸して仰げば彼方雲の峰

昏い海

星月夜波濤の彼方溶暗《ようあん》す

鏡

灌仏会天上天下吾一人

窓

故郷へ　夜汽車の窓の雪景色

星

夜回りの聲遠のいて星冴える

人間失格　太宰治　桜桃忌　六月十九日

「失格」を恋ふ人もをり桜桃忌

五十過ぎたら。

水打って暮るゝを惜しむ夏の宵

蜩

蜩や七日限りの別れ歌

春女苑または春紫苑

無為徒労老いの散歩や春《ハル》女《ジョ》苑《オン》

雲への悲歌

山巓を片雲離れて秋深し

海への悲歌

落日や海に入りたる足の跡

旅立ち

旅に立つ児の息白し冬の朝

少年の夏
昭和二十年八月十五日　正午　終戦玉音放送

街道の人影揺らぎ終戦す

種子を蒔く。

大根の種蒔く父母や裏の畑

蟻

灼熱の街道　草の葉伝ふ蟻一匹

古ノート

黴臭き書棚の奥の古ノート

猫と連翹

連翹の下枝抜けて猫一匹

春日

春日や老いの一日猫の友

古里

今一度木曽の川音雪の駒

駒＝木曽駒ヶ岳

蒼穹渇仰

あっけらかんと真昼間
雲一つない虚空《そら》の下
草生《む》す野原に　捨てられた
瞳つぶらなお人形

どこも壊れてなかったが
顔も衣装も時代遅れ

子どもは欲しいと言ったけど
子どもの居ぬ間に捨てられた

草生す野原に捨てられた
地に打ち付けられたその時に
泥にまみれた人形は

かぼそい聲で　ママー　と泣いた
かぼそい聲で　ママー　と泣いた

*

時代遅れの人形は
手足捩れた人形は

泥にまみれて待っていた
草に覆われ待っていた

いったい誰がここに来るという？
いったい何が起きるという？
分かっていたけど人形は
かもしれないと待っていた
あれからざっと五十年

草生す野原は消えていた
替わりに厚いアスファルト
それでも何かを待っていた
首を捻らせ待っていた
深い深い　土の下

*

あっけらかんと真ツ昼間
雲一つない碧《あお》の虚空《そら》
繁栄《さかり》の街に夏が来て
陽は燦々と降り注ぎ
アスファルトにも降り注ぎ

誰も人形などは思い出さない
誰も人形などは知りはしない

だが　人形は今もなお
黒い瞳を見開いて
土を透かして見上げてる

アスファルトをも見透かして
じっと見上げる土の上
じっと見上げる土の上

あの過ぎし日の　夏の虚空《そら》
あの過ぎし日の　碧《あお》の虚空《そら》

夏草や
あの過ぎし日の
正午《ひる》の虚空《そら》

星野雅良句集（II）

自撰二百十句　蘗　ひこばえ

蘗「ひこばえ」＝木の切株から新しく出た芽

「萌・蘗の生無きにあらず（孟・告上）」

（学研漢和大字典）

本集は既刊七句集全千五百二句から二百十句を選び出し、句題の構成を新たにした自撰句集である。表題「蘖ひこばえ」の所以である。

①	微風島	全八十五句	二〇一五年五月八日刊
②	蘇峡行	全百六十句	二〇一五年八月一日刊
③	或る夏の百の日々	全百句	二〇一五年九月三〇日刊
④	里　程	全四百五十八句	二〇一六年十二月十一日刊
⑤	樹　影	全二十七句	二〇一七年二月二十八日刊
⑥	不断花	全五百三十六句	二〇一七年八月一日刊
⑦	想峡百句	全百三十六句	二〇一七年十一月三〇日刊

（句集発行順）①、④は公刊

蘖

枯株に早緑のもの生ひにけり
命なりけり木曽の杣山《そまやま》

年たけてまた越ゆべしと思ひきや
命なりけり小夜の中山
西行　新古今和歌集

一部　蘇峡行　46

二部　木曽人きそびと　82

三部　つきみ野

四部　微風島　ハワイ　140

一部　蘇峡行

峠越え行くも還るも木曽は秋

ねこやなぎ木曽川の水温もりて

本稿の表題「蘇峡行」は二〇一五年八月一日付発行の私家版句集の表題そのままを転用した。本稿が総じて「木曽路」巡行吟そのものなので。

「木曽路」といえば、北は贄川宿から南は馬籠宿まで、およそ二十二里、八十八㌖の中山道六十九次の宿駅の一部を指すが、「木曽谷」という通称に拘れば北は鳥居峠から南は馬籠峠までの間、凡そ七十㌖足らず、木曽川沿いの薮原宿から妻籠宿までの狭隘且つ峻険な街道が通る谷底の八宿である。

閉鎖的な地域であると言えばそうかも知れない。だが、山と谷、木と水に恵まれ、おおかたは木と関わって暮らす平穏な谷間の邑々である。

そしてそこが、上京して六十余年、数年に一度帰るか帰らないかの吾が生まれ故郷である。

1・木曽十一宿

贄川宿　関所

関所をばすいと抜けたり赤蜻蛉

奈良井宿・薮原宿・宮ノ越宿　鳥居峠

蕉翁を偲べば涼し峪の風

芭蕉句碑

雲雀よりうへにやすらふ嶺《とう》哉《げ》　芭蕉

福島宿　木曽踊り
木曽節の止んで月夜の川の音

上松宿　寝覚の床
家一つ若葉に埋めて床の山

須原宿　水舟

水舟に胡瓜ぷかく遊びをり

野尻宿・三留野宿　木曽川辺水難供養地蔵

桃櫻花に埋もれし地蔵堂

妻籠宿　旅籠

凩や旅人誘ふ宿灯り

馬籠宿　馬籠峠　池田君と茶屋で苺氷水。

峠茶屋氷水の旗ひるがへり

2・木曽八景

徳音寺の晩鐘　　木曽義仲所縁の寺

晩鐘に縅《おどし》解《ほど》けて散る紅葉

御嶽の暮雪

残雪や野を焼く煙三筋ほど

桟の朝霧

霧流る川辺の道を真っ直ぐに

寝覚の夜雨

見返れば霧立ち昇る床の山

駒ヶ岳の残照

牙岩の残雪染めて木曽の夕

風越の青嵐

草靡かせ髪靡かせつ　あをあらし

小野の瀑布

瀧風に江戸の人京の人涼みをり

与川の月

来てみれば月待つ人の影ばかり

入替八景

福島関の櫻花

関守の髷《まげ》に一片の櫻かな

床並の瀧・平垂《ひらだる》　川底の岩に黒の文様

竜胆や平垂昇る黒き龍

阿寺・柿其《かきそれ》渓谷

四季の影を混ぜて溶かして渕の碧

3・木曽谷寸景

黒川郷　道祖神の郷

畦道に道祖神一基寒鴉

開田高原　木曽馬

木曽馬の牧の垣根の濃桔梗

御嶽山麓　八海山　郭公を聴きつつ蕨採り。

郭公や野は早緑に光りをり

木祖村　水木沢　天然林　木曽川源流の里

山森々壮樹昂然と夏深し

木曽町　福島　郷土資料館

地蔵道行く手は深き木下闇

上松町　赤沢自然休養林

何れかに木霊在《おわ》すや青葉闇

王滝村　一九八四年九月十四日八時四十八分　直下地震
震度6（烈震）

活断層秘めて若葉の木曽の峡《かい》

大桑村　野尻　山清水

山水の零れる音や秋深し

旧馬籠村　馬籠峠　子規句碑

紅葉《もみじば》の彼方に霞む木曽の峪

白雲や青葉若葉の三十里　子規

4・木曽御嶽・木曽駒ヶ岳　御嶽山（3067m）

黒々と迫り立つ連山木曽の冬

御嶽や峯雲控えて鎮まれり

木曽駒ヶ岳　山頂（２９５６ｍ）の南に宝剣岳（２９３１ｍ）

褶曲の果て天に宝剣夕映えて

御嶽と駒ヶ岳見合って峪は秋

伊勢湾台風（一九五九年九月二十六日　潮岬上陸）
長野営林局管内森林被害のうち木曽国有林の被害はその七十五％に及んだという。

倒木の累々として裸山

根も絶えて蘖も無く山枯るゝ

山行けば熊笹ばかり風ばかり

虚しきは呼べど応へぬ谺かな

5・木曽川

木曽川　水力発電に水を取られた本流。

涸れ川やごろ石ばかり白々と

水底も紅葉なりけり山の淵

木曽川の川筋遡る花便り

風ごとに揺れをり木曽の峪若葉

朝霧や峡底の邑《むら》未だ醒めず

翡翠《かわせみ》やひたすら流る川の音

川音を聴きつつ地酒の「七笑《ななわらい》」

6・密やかに

仄暗き檜林や誰袖草《たがそでそう》

桟や崖を粧ふ蔦紅葉

誰が添へし地蔵の許の枯野菊

ＪＲ中央西線木曽管内　無人駅ばかり。有人駅は木曽福島駅のみ。

ふるさとの人無き駅の枯尾花

上松　灰沢鉱泉

閉ざされし隠れ湯端《はた》の黄山吹

星一つ瞬いてをり駒の嶺

酷寒の風に砥がれて木曽の月

風花や山《やま》峡《かい》の茶毘所森閑と

日溜りの土手に僅《はつ》かな翠あり

7・木曽の寺　北より

日照山徳音寺　義仲菩提所　樋口兼光、今井兼平、巴御前の墓あり。

御《み》霊《たま》廟《や》に射し入る月の影青し

法泉山林昌寺　中原兼遠＝巴御前、兼光、兼平の父＝の墓

老鶯や鐘の音遠く子等を呼ぶ

萬松山興禅寺　木曽義仲墓

木曽殿の墓に櫻の散りかゝる
破れし衣つくろふがごと

義仲墓前に
山頭火の句碑

さくら
ちりをへたる
ところ
旭将軍の墓

桐林山鳳泉寺　境内に樹齢三百五十年以上の老櫻。開花の報せをくれた
原住職が訪問前に急逝。合掌。

「さくら咲く」便りの主の散りにけり

寝覚山臨川寺　浦島太郎伝説　星野家檀那寺

香煙の彼方に霞む駒の嶺

浄戒山定勝寺　木曽家代々の墓・室町時代造・重要文化財

百舌鳥一聲菩提樹の寺閑まれり

晩鐘や花も枝垂れて聴いてをり

瑠璃山池口寺　薬師如来像　脇侍日光、月光菩薩像、薬師堂
何れも七百年以上前の建造。

千年の医王の殿に風薫る

法雲山妙覚寺

宙《そら》に散り地に散る花や後生楽

日星山等覚寺

円空佛の掌合はす先の櫻かな

西澤山永昌寺　島崎藤村「夜明け前」所縁の寺。島崎家の墓所。

文豪の墓石を撫でて峠風

寺道の櫻に霞む恵那の嶺

恵那山＝中央アルプス最南端（２１９１ｍ）

二部　木曽人きそびと

辛夷咲いて老樵独り息みをり

傘寿を幾つか超えた今、脳裏を少年時代の想い出が頻りと過ぎる。それは、数十年故郷を離れて暮らしても、自分が紛れもなく「木曽人」であることの証《あかし》であろう。「木曽」に住むから「木曽人」ではなく、逆に何処に住んでも「木曽人」は「木曽人」である、そう信じている。また、木曽の杣人であった父親を中心に、母・姉・兄弟は勿論、幼少期、青春期を共に過ごした幼馴染とその家族、中学・高校の同級生等全ての人びとが身も心も「木曽人」であると信じている。

1・郷友

酒

友と酌む地酒の冴えし緑夜かな

老友の掌の酒清《す》みて初夏暮るゝ

薫風に木曽山人の蕎麦喰らふ

別離

友の脚萎えしとぞ聞く若葉冷え

病む友の聲ほがらかに年新た

時雨来て時雨とともに友逝きぬ

寒明けて木曽人ひとり旅立ちぬ
彼の人と歩みし野辺に鷽《うそ》の啼く

故牛丸君が勤務していた開田小学校を訪ねて。

高原の学校静まりて郭公啼く

老いてなお……北川君、大蔵君。

お六櫛挽く老匠の禿頭

山滴る脛穿《はばき》も軽し友の脚

冬の陽や老々介護を語る友

2・老樵春秋――父　宇作

春

杣人の檜笠《ひがさ》叩いて春霞

いかめしき音や霰の檜笠　芭蕉

薪《たきぎ》負ふ杣夫の一服黄山吹

月おぼろ山くだる杣夫足急《せ》いて

夏

杣《そ》人《ま》の背の荷に一挿し山の百合

夏深し杣人《そまびと》の掌に冷焼酎

杣人の亡夫が使い込んだ斧を磨く妻。その名は「はつ」。

連れ合いの斧《よき》磨きをり初の盆

秋

かんかんと斧打つ音や山の秋

錦秋に屋根葺き替へし樵夫《きこり》小屋

杣山《そまやま》に鶫《つぐみ》一聲杣人《そま》一服

冬

縄を綯《な》う夜鍋や山に雪来る

冬の日の杣人《そま》には永し縄を綯《な》う

鉈を研ぎ斧を研ぎして冬杣人《そまびと》

3・同胞――はらから　母、姉・兄弟

終戦直後、汽車に乗って隣村の農家へ母と食料（米・甘藷等）買出しに。

母と負ふ買出し諸の重さかな

母と御嶽山麓の八海山に蕨採り。

筒鳥の啼くや御嶽《みたけ》の蕨採り

蛍狩姉三人の呼び合へる

滑川《なめかわ》や岩魚獲る兄の手の迅き

滑川　木曽駒ケ岳の雪解け水を集めて木曽川本流に注ぐ。

上松　鬼渕での水泳の帰り、山林学校に進学した弟が林業実習で、炎熱の
鬼渕鉄橋を渡って行く後ろ姿を見かけた。

鉄路行く弟の背に夏翳《かげ》る

上松出身、長野市在住の義兄　木曽を愛した日本画家・羽毛田陽吉急逝。

御嶽を描きし画家に香を焚く

姉　羽毛田美好が蕗の薹の胡麻味噌和えを送ってきた。

ほろ苦き蕗《ふき》の薹《とう》故郷に身寄り絶ゆ

住む者もなくなった元の吾が家の前を車で通り過ぎた。

廃屋となりし旧家や鳳仙花

墓詣で香煙の彼方駒の嶺

4・少年の日々

鳥居峠にて

行く雲を憧れし日もあり山眠る

上松町　鬼渕

鬼渕や悪童河童連甲羅干し

吾が春を秘《かく》して昏《くら》し冬の淵

少年の八月十五日

白光の道たゞ逃げ水を追ってみる

その真昼炎熱の街道揺らぎをり

その年が過ぎても——。

征きし人未だ還らず霰降る

三部　つきみ野

野に出し同じ月かや屋根の上

現在の居住地「大和市つきみ野」に移住して四十年超。この地で娘二人を幼・小・中・高・大学まで育て、そして嫁に出した。この先他所に移る気はない。

生活環境や自然環境はまずまずの新興住宅地も開発当初から四十年も経ってみると様相が一変して、折々見掛けていた野生の禽獣類もすっかり姿を消し、直線的な屋根の線と蛍光灯の灯りばかりのベッドタウンと化した。

1・猫額茫々庭　春夏秋冬

十五坪足らずの吾が猫額茫々庭の植物は、何れも空いた場所に無計画に植えてきた梅、柚子、紫木蓮、躑躅、蜜柑、梔子、沈丁花など〳〵二十種類の余。

春

吾が庭の春の始めや沈丁花

沈丁の香を褒めて客帰りけり

季に敏く小米《こごめ》の花のつゝましく
散り兼ねし梅花枝先に萎れをり

春時雨木瓜の濃き紅嫣然と

紫木蓮夜来の雨に誘はれて

棘避《よ》けて山椒の芽を摘みにけり

茫々庭行ったり来たりの迷い蝶

花

花は咲く見上ぐる人は替はれども
花は散る見上げし人の去りてのち
さくらさくらさくらさくさくらちるさくら

山頭火

夏

脱殻の淡々しくて蟬しぐれ

地に伏して咲く花もあり白紫陽花

所在無き日々たゞ蕺《どくだみ》の花を見る

梔《くち》子《なし》や逝きける姉の面影よ

真空を漂ふがごと黒揚羽

白雨来て楓の手手手騒ぎをり

秋

藪影の聲鵯《ひよどり》と聴き分けて

釈迦像に白萩一枝供へけり

白萩に霖雨しとゞなりコナ啜る

蟲の聲待てど無情《つ》れなき夕陽かな

夕暮れてしばし待たるゝ蟲の聲
草藪も終《つい》の棲家ぞ秋の風

草藪の盛衰哀れ蟲の聲

能管の響あり藪に蟲集《すだ》く

冬

山茶花の散れる傍《かた》への枯野菊

枯野菊花芯ほのかに紅を点《さ》し

大晦日

過ぎ去りしことども連れて年越せり

2・炎暑

枕辺に故人行き交ふ熱帯夜

熱帯夜つぎはぎの夢とめどなく

謂れ無き発疹妄想の熱帯夜

甚平の紐引き切れし溽《じょく》暑《しょ》かな

猛暑日や頓死の蟬の腹白き

水撒けば蜥蜴這い出す炎暑かな

3・妻 そして 孫

蕎麦喰って妻と帰るさ鷽《うそ》の啼く

花はもう終はりネと妻呟いて

仏壇を整へて妻梅雨嘆く

妻と喰ふ甘さも淡し初西瓜

真夏日や昼寝の妻の軽いびき

風を待つ端居に妻の蚊遣り焚く

夏闌《た》けて水溜まりたる妻の膝

物干しに妻仰ぎをり秋の雲

蟲食ひの青紫蘇嗅ぐ孫梅雨明ける

初真夏日半袖の孫腕白し

テトラに餌やる孫の指の先
さやうなら手を振る孫や夏終へり

孫遊ぶ庭に白萩咲き初めて

初蜜柑採って孫の掌に一つ

4・傘寿越え

夏の夜や年寄りの夢魑《ち》魅《み》魍《もう》魎《りょう》

夏の夜や心音聴きつ明けを待つ

吾傘寿庭の牡丹に手を添へし
手＝支え棒

酒断って三年過ぎし夜涼かな

長雨や何も無い日々過ぎにけり

秋燈や綴綻びしハイネ読む

墓を継ぐ話整って盆に入る

心臓のエコー事無し秋澄めり

柚子風呂や痩せさらばへし吾身かな

5・市営遊歩道

名も知れぬ花も咲きをり路の四季

花吹雪潜ってバスの通りけり

日傘二つ花を愛《め》でをり遊歩道

緑蔭や手を曳き合ひし老夫婦

青葉闇車椅子押す夫婦あり

猛暑日や蟬狂ひ飛ぶ遊歩道

蟻どもの蟬曳く路や夏旺ん

曇天ものものかは法師油蟬

見ても見ても飽きない蜻蛉の遊弋。彼らは彼らで私を見ている？

むぎわらや絶妙の高低　緩と急

四部　微風島　ハワイ

Mokupuni pā Ka Makani / The Islands of Breeze

緑風のそよぎも涼しHULAの裾

オアフ島ワイキキの外れ、アラワイ運河の畔に建つ三十七階建てのコンドミニアム。その二十階角部屋が、ほぼ十五年の間の我が家であった。と言っても、年二回に分けてそれぞれ二か月余の滞在であったが。ラナイ（ヴェランダ）の真正面には運河を挟んでハワイ・コンヴェンションセンターがあり、アラモアナ海岸やワイキキの海を帆走するヨットを望見することもできた。

ハワイには年を通じて微妙な自然相の移りはあるが、春・夏・秋・冬と四季を明確に分別することは出来ない。強いて言えば乾期と雨期の二季で、総じて「夏」と考えていい。したがって、句題がハワイならば、別して夏の季語を読み込む必要はなかろうと思う。

1・海原

イヴァ鳥の悠揚と翔ぶ朝となり

イヴァ＝ʻiwa　グンカンドリ　体長約一メートル　翼開長約二メートル

ハワイ王朝の王子・王女たちもワイキキの浜で波乗りに興じたのだろうか？

王女《みこ》たちも遊びし波の青さかな

とりどりの帆のはためきや島の夏
雲の果て白帆の消ゆる処まで

帆風受け南溟目指す小舟あり
碧海に帆舟ら蝶の舞ふがごと

2・入日・落日

ハワイと言えばsunset＝入日。ハワイ諸島、どの島の入日も素晴らしいが、アラモアナ・マジックアイランドの落日がいちばん気に入っている。

入日遥か岬は波の音ばかり

来し方を想ひ入日を送りたり

波音を惜しむがごとく日落ちて

3・雲・虹

絹雲や碧空《そら》に消えゆく想ひあり

往《い》にし日の想ひ果て無し茜雲
千切れ雲西に吹かれて消えにけり

ホワイトターン虚空《そら》を切って虹となり

ホワイトターン＝white term　シロアジサシ　ホノルル市の市鳥

微かなる虹の気配あり朝の海

海原に儚きものの生まれけり

七色を海に注いで宵の虹

虹を見て来たよと告げし友はいま
それと指す人も無く虹消えにけり

4・花

道端のピカケ仄かに驟雨去る

ピカケ＝pikake　ジャスミン

逝きしひとの面影白し佛桑華

佛桑華＝hibiscus　ハイビスカス

咲き終へて夜《や》暗《あん》にいや濃き月下香

月下香＝tubarose　ツーバローゼ

5・水面

アラモアナ公園の池

行く夏や水面に揺れる街灯り

魚影待つ青鷺の眼の揺らがざり

何迷ふ水辺の鳥の足の跡

6・海辺の宿

独り寝や海辺の宿の窓灯り

ノースショア　タートルベイ

溶岩を積んだ突堤に北太平洋からの荒波が打ち付ける。突端で幼児を抱いた若い母親が波の彼方を指差している。我が子に何を説こうとしているのか。

母の指す彼方南溟果てしなく

夜の磯辺

月宙天波に構える黒き蟹

7・HULA フラ

KUMUの打つイプに合わせてHULA練習に熱がこもる。

クムの打つイプの響やマナの影

クム＝KUMU　フラの指導者
イプ＝IPU　瓢箪で作った打楽器
マナ＝MANA　超自然力、聖なる力

しなやかに返る裳裾やフラの舞

KUMU Mrs. OLANA AIを訪ねる。
夫Mr. FRANKも交えて午後のひと時を歓談。

ハーバーの風緩やかにクムと立つ

8・ハワイ王朝

毎年六月十一日、オアフ島カメハメハ大王像前で王の誕生祝典が開かれ、王族縁の人びとが集う。ハワイアンの祖先は三〜五世紀、ポリネシアから星を頼りに帆舟、カヌーでこの島々に渡来した。祝典後はここからカラカウア通りを経てカピオラニ公園まで王と護衛兵を載せた花車を中心に仮装パレード。

眼差しに王家の誇りレイ薫る

踊り手の瞳に宿る星の影
兵《つわもの》の見据える先の宙天《そら》碧し

9・ヘイアウ＝聖域

積み石で造成された神域。嘗ては豊漁・豊穣祈願の神事が行われたが、時に人身御供も執行された聖なる石壇である。無論、「聖域」であることは昔も今も変わりはない。

石壇に守宮《やもり》息《やす》めり杜の宮

海茫々宮居の虚空《そら》に風吹き抜けり

碧空や静寂《しじま》冷たき石の壇

跋

黴臭き書棚の奥の古ノート　(I) 蒼穹渇仰「古ノート」〈25頁〉

「黴臭き」は「書棚」にではなく、「古ノート」に掛かる。

身辺整理を兼ねて書棚を整理していたら、黄ばんだ大学ノートが出てきた。学生時代からほぼ十年ほどの間に書いた詩である。

当時は〇〇主義、△▲イズムなど文学論、哲学論が姦しい時代で、ノートにはものの見事に時代に洗脳されてしまった詩が並んでいた。「黴臭い」のは、「古ノート」だけでなく、書き並べられた詩についても言えそうである。

しかし、それはそれとして、六十年後の今にしてなお共感し得る詩も幾編かあったので、八十有余歳の頭でそれらを読み返し、「俳句」という詩形に振り替えて詠んだのが「句集(I)　蒼穹渇仰」の五十句である。

「句集(II)　蘖ひこばえ」は40頁の解題のように、公刊・私家版合わせて近作の七句集から新たに題を立て、それに合わせて編んだ自撰二百十句である。

星　野　雅　良

現代俳句協会会員

平成三十年四月三十日

星野　雅良（ほしの　まさよし）

現代俳句協会会員
長野県木曽郡上松町　1933年生
東京教育大学文学部　独語独文科卒
学研　保育誌・学習誌編集
教育機器開発に携わる
元 常務取締役・編集局長

平成28年6月中旬
猫額茫々庭にて

星野雅良句集

(I) 蒼穹渇仰　*zum Himmel!*
(II) 蘖《ひこばえ》　自撰二百十句

2018年8月1日　初版第1刷発行

著　者　星野雅良
発行者　中田典昭
発行所　東京図書出版
発売元　株式会社 リフレ出版
〒113-0021　東京都文京区本駒込 3-10-4
電話 (03)3823-9171　FAX 0120-41-8080
印　刷　株式会社 ブレイン

ISBN978-4-86641-171-2 C0092
Printed in Japan 2018

ご意見、ご感想をお寄せ下さい。

［宛先］〒113-0021　東京都文京区本駒込 3-10-4
東京図書出版